La fuente escondida

El cuento para reencontrarte

MÍRIAM TIRADO
ilustraciones de Marta Moreno

El papel utilizado para la impresión de este libro ha sido fabricado a partir de madera procedente de bosques y plantaciones gestionadas con los más altos estándares ambientales, garantizando una explotación de los recursos sostenible con el medio ambiente y beneficiosa para las personas.

Penguin
Random House
Grupo Editorial

La fuente escondida
El cuento para reencontrarte

Título original: *La font amagada*

Primera edición en España: abril de 2021
Primera edición en México: julio de 2022

D. R. © 2021, Míriam Tirado

D. R. © 2021, Penguin Random House Grupo Editorial, S. A. U.
Travessera de Gràcia, 47-49, 08021, Barcelona

D. R. © 2022, derechos de edición mundiales en lengua castellana:
Penguin Random House Grupo Editorial, S. A. de C. V.
Blvd. Miguel de Cervantes Saavedra núm. 301, 1er piso,
colonia Granada, alcaldía Miguel Hidalgo, C. P. 11520,
Ciudad de México

penguinlibros.com

D. R. © 2021, Marta Moreno, por el diseño de portada y las ilustraciones
D. R. © 2021, Antonia Dueñas, por la traducción

Penguin Random House Grupo Editorial apoya la protección del *copyright*.
El *copyright* estimula la creatividad, defiende la diversidad en el ámbito de las ideas y el conocimiento, promueve la libre expresión y favorece una cultura viva. Gracias por comprar una edición autorizada de este libro y por respetar las leyes del Derecho de Autor y *copyright*. Al hacerlo está respaldando a los autores y permitiendo que PRHGE continúe publicando libros para todos los lectores.

Queda prohibido bajo las sanciones establecidas por las leyes escanear, reproducir total o parcialmente esta obra por cualquier medio o procedimiento así como la distribución de ejemplares mediante alquiler o préstamo público sin previa autorización.
Si necesita fotocopiar o escanear algún fragmento de esta obra diríjase a CemPro (Centro Mexicano de Protección y Fomento de los Derechos de Autor, https://cempro.com.mx).

ISBN: 978-607-381-640-3

Impreso en México – *Printed in Mexico*

La fuente escondida

El cuento para reencontrarte

MÍRIAM TIRADO

ilustraciones de Marta Moreno

B DE BLOK

A ti,
para que encuentres tu fuente
si algún día te desconectaste de ella
<3

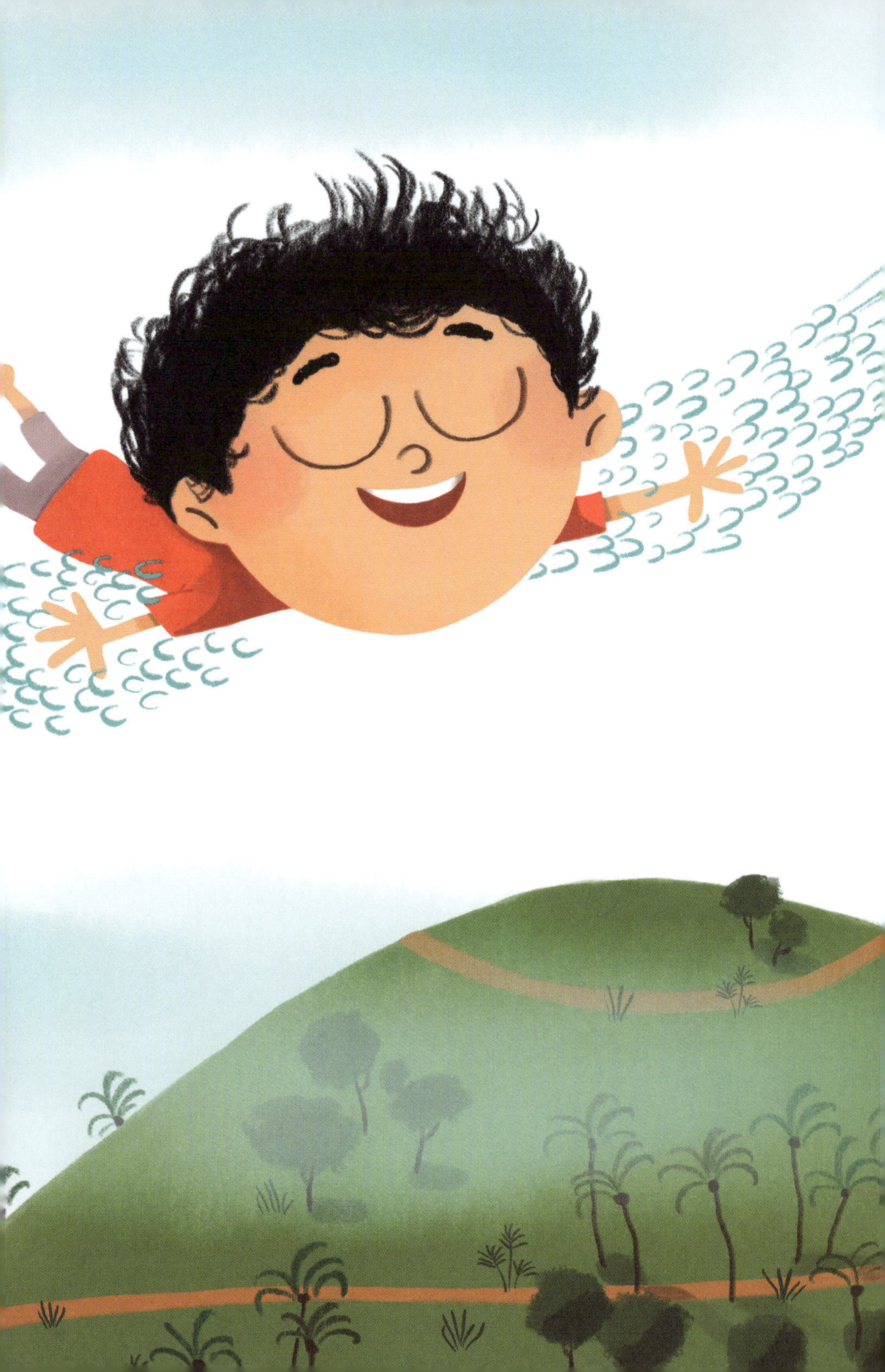

A Pol le gustaba mucho cantar.
Cuando cantaba, sentía que volaba.
Como si pudiera extender unas alas imaginarias
y recorrer rincones del mundo que nunca había visto.
Como si tocara el cielo con la punta de los dedos.

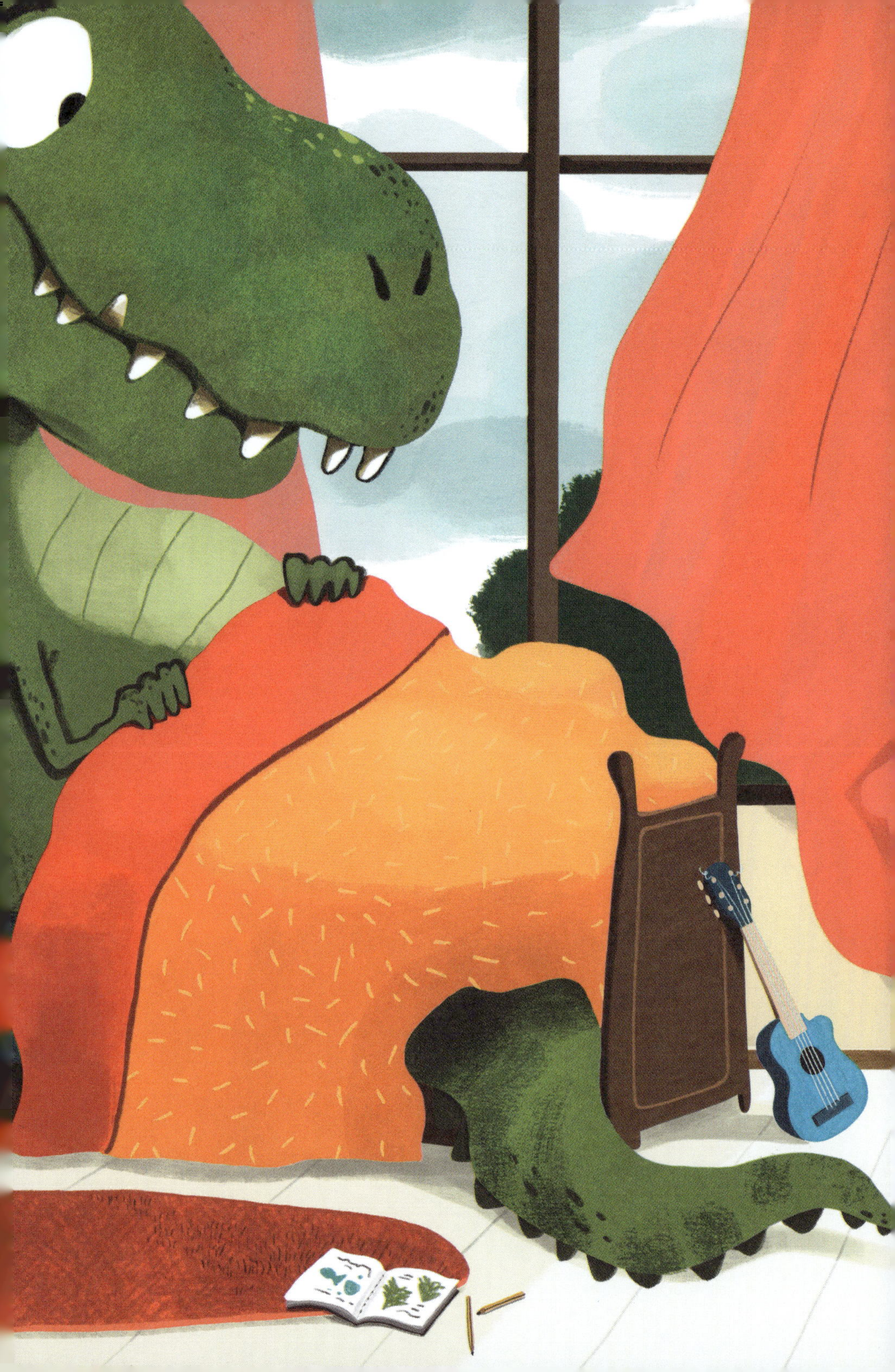

A veces, sentía algo parecido cuando, sentado en el suelo, dibujaba durante mucho tiempo sus dinosaurios preferidos. "¿No vienes a cenar?", le decían, y él no podía responder. No escuchaba nada, inmerso como estaba en su mundo de seres gigantes, de gruñidos feroces y de temblor de árboles.

Otras veces, cuando jugaba, hablaba sin parar con sus personajes, pero también lo hacía en silencio, y siempre que se imaginaba aquellas historias en su cabeza, una sensación bonita y serena lo abrazaba con fuerza y le recorría el cuerpo.

"¿Cómo se llama esta sensación?", se preguntaba a menudo, y escuchaba a los mayores para ver si le daban alguna pista de qué era aquello que sentía.

Algunos lo llamaban felicidad, otros paz...
Pero un día dejó de buscarle una palabra porque ninguna describía del todo aquello que le pasaba con tanta frecuencia.

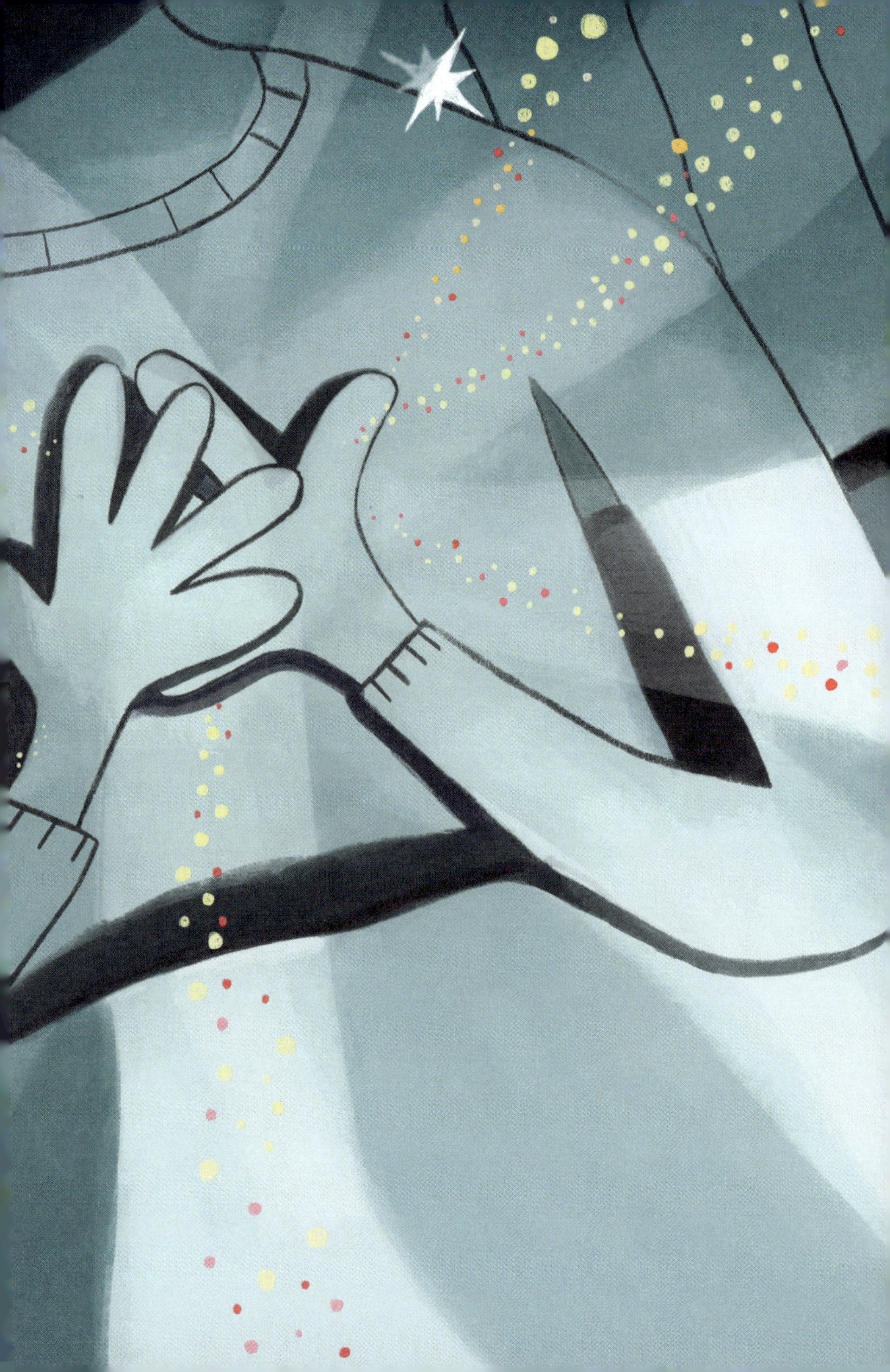

Cuando se iba a dormir, cerraba los ojos y se imaginaba que, dentro del pecho, tenía una fuente mágica de donde siempre brotaba un agua luminosa y donde podía ir a beber si estaba triste o se aburría. En aquella fuente se relajaba, se sentía seguro y también se llenaba de ideas y de historias.

Cada vez que Pol se dejaba llevar por su deseo de cantar, sentía cómo su fuente manaba con fuerza, y entonces cerraba los ojos y estiraba los brazos, imaginando que emprendía el vuelo y lo veía todo desde lo alto.

En ocasiones, sin embargo, alguien se reía de él, o lo interrumpían y le preguntaban: "¿Qué haces, Pol?", y eso a él no le hacía ninguna gracia. Arrugaba la nariz y contestaba muy bajito: "No lo entiendes porque todavía no has encontrado tu fuente". "¿Qué has dicho, Pol?", le preguntaban. "Nada, nada…", respondía él, y paraba de cantar porque sentía que, de algún modo, le habían cortado las alas.

También había quien, ante un montón de gente, le decía: "Vamos, Pol, canta, ¡enséñale a todo el mundo lo bien que lo haces!", y él se moría de vergüenza y pensaba: "¡Ahora no tengo ganas!", pero se callaba y agachaba la cabeza cuando le insistían. "Venga, va, que la yaya se ponga contenta, canta esa que te sale tan bien, vaaa, Pol, hazlo por mí..."

Pol estaba convencido de que, si todas las personas encontraran su fuente, dejarían de marearlo y serían más felices. Si supieran que todo el mundo tiene una, como él, no querrían beber todo el rato de la suya. Como su padre, que a menudo estaba de bajón y le decía: "¡Suerte que te tengo, que me haces tan feliz!".

Un día, tumbado en la cama, pensaba qué podía hacer para ayudar a su padre. Empezó a sentir un calorcillo en el pecho: la fuente brotaba y le daba ideas muy diversas para hacer que su padre estuviera más contento, pero no le gustaba ninguna. No quería cantarle canciones ni regalarle un dibujo ni complacerlo en todo lo que le pidiera. No se trataba de eso.

Le dio
muchas vueltas
al asunto hasta que,
al final, tuvo una idea.
LA idea. Se levantó de
un salto, escribió dos
palabras en un pa-
pel y lo pegó
a la puerta.
Decía:

**PROHIBIDO
ENTRAR.**

Una vez encerrado en la habitación y seguro de que nadie entraría en ella, cogió tijeras, lápices, bolígrafos, papeles de colores... y lo esparció por todas partes. Preparaba un juego de pistas, y su fuente manaba como nunca lo había hecho hasta entonces. ¡Por fin había encontrado la manera de ayudar a los demás!

Estuvo una hora y media encerrado, dibujando, escribiendo y recortando, y cuando su padre picaba a la puerta y le preguntaba: "Pol, ¿qué haces?", él contestaba: "Aún no te lo puedo decir, tendrás que esperarte".

Cuando salió de la habitación, con una sonrisa de oreja a oreja, gritó:

—¡¡¡Ya estoooy!!!

Y, aunque se moría de ganas de explicar lo que había hecho, no dijo ni mu.

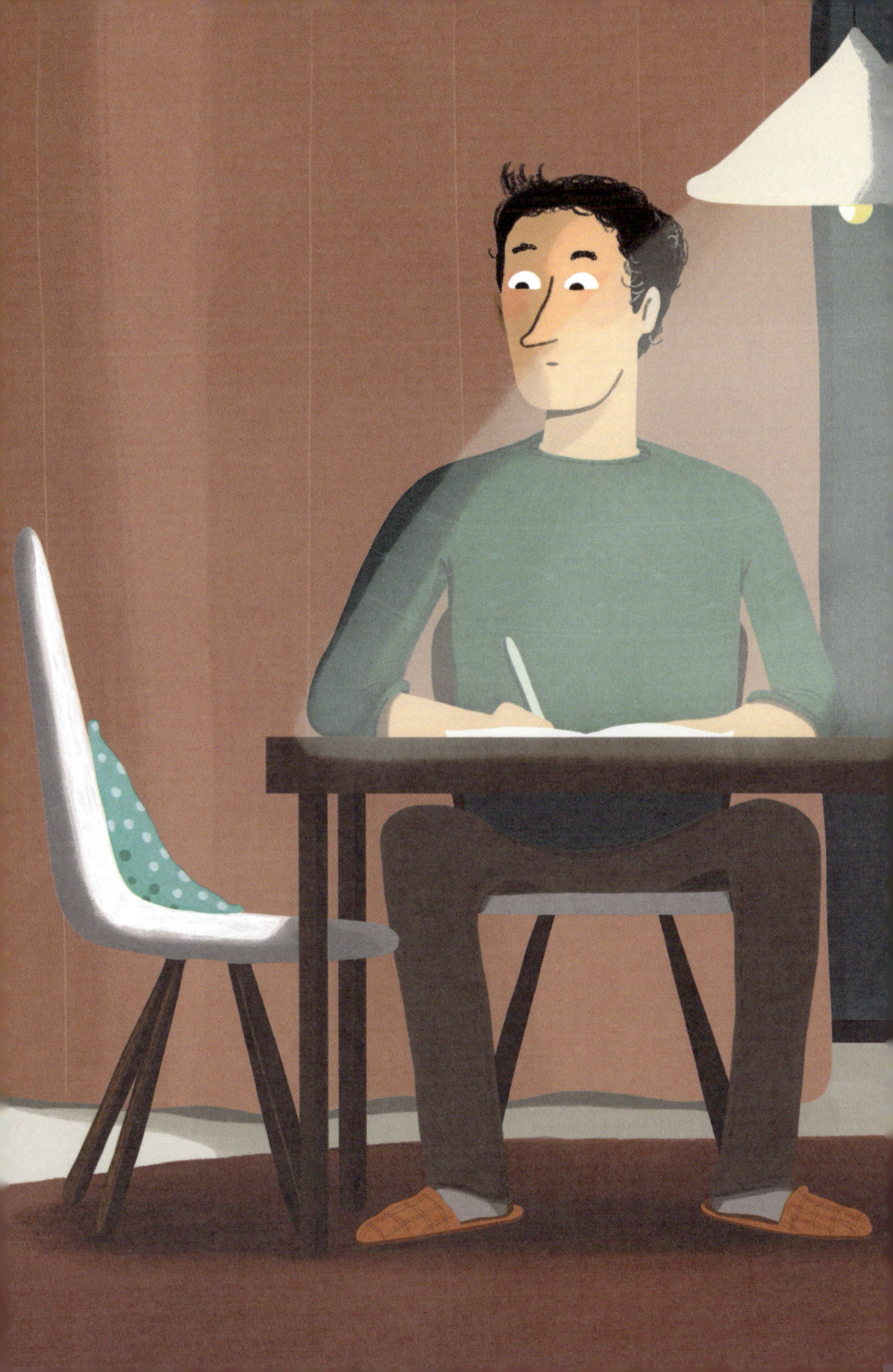

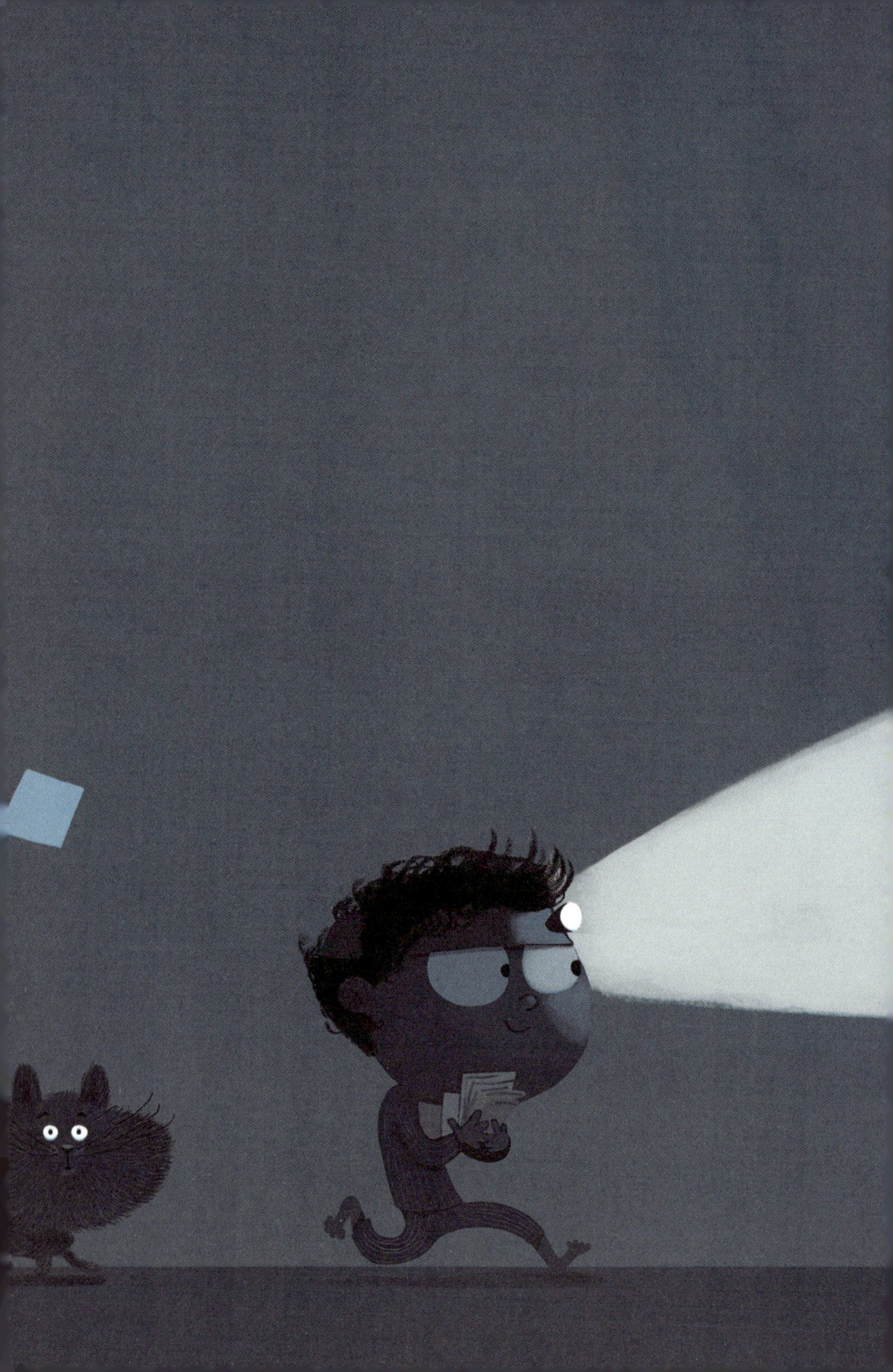

Aquella noche tuvo más ganas que nunca de irse a la cama. Cuando su padre apagó la luz hizo como si se durmiera. Tuvo que esperar un buen rato, esforzándose por mantenerse despierto, hasta que en la casa no se oía ni un alma.

Entonces se levantó, cogió todos los papelitos que había recortado aquella tarde y, con un frontal, fue de habitación en habitación poniéndolos todos en el lugar que les correspondía. Iba de puntillas y no encendía las luces porque no quería despertar a nadie. Tardó un buen rato, y cuando los ojos ya se le cerraban de sueño, pegó la última pista encima de un cojín en la alfombra de la sala. "¡Ahora sí!", susurró contento.

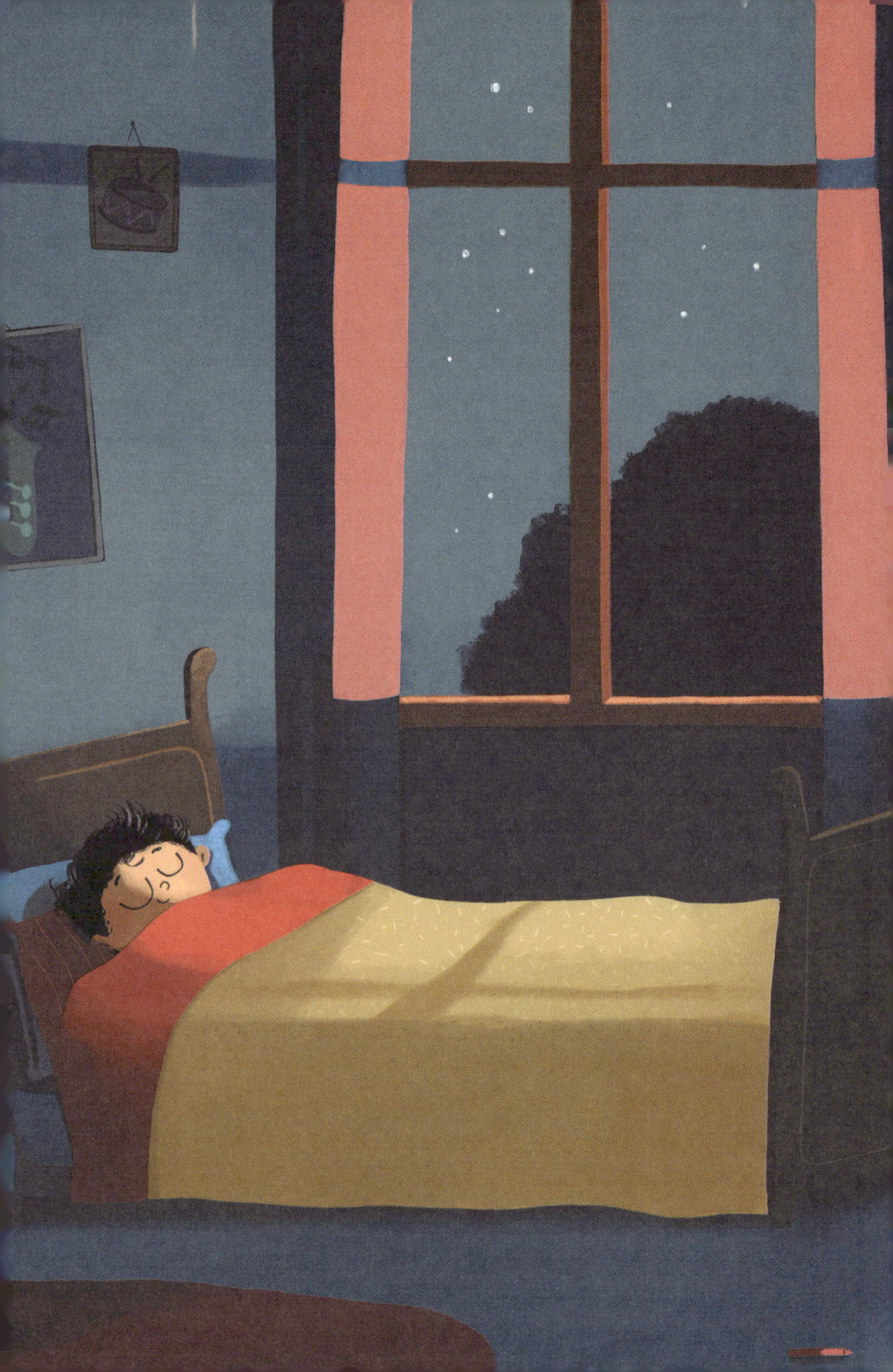

Volvió a la cama y se tumbó en ella satisfecho: el juego de pistas "ENCUENTRA TU FUENTE" ya era una realidad. Tenía tantas ganas de que fuera el día siguiente y ver cómo iba el juego que le había preparado a su padre, que pensó que le costaría dormirse. Pero estaba tan cansado que, en un santiamén, el sueño finalmente lo venció.

Al día siguiente por la mañana, cuando
el padre se levantó y fue hacia el baño, vio
en el espejo de encima del lavabo un papel
pegado con la letra de Pol que decía:

JUEGO DE PISTAS.

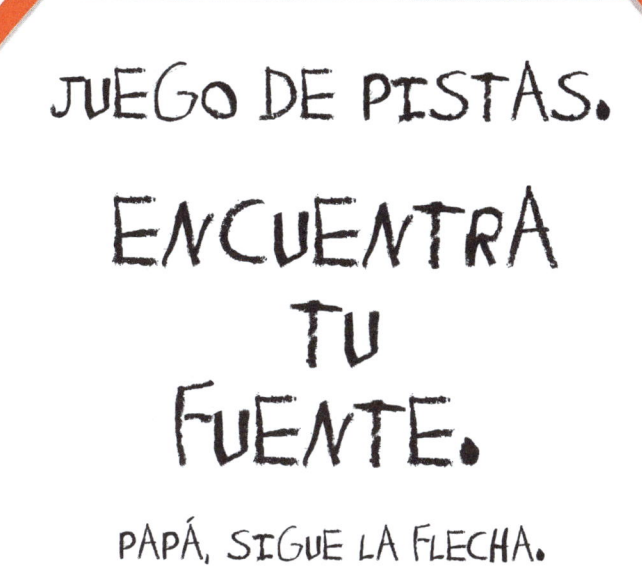

ENCUENTRA TU FUENTE.

PAPÁ, SIGUE LA FLECHA.

→

El padre, muy sorprendido, se frotó los ojos para asegurarse de que lo que acababa de ver era verdad. Hizo caso del mensaje y siguió la dirección que le indicaba la nota.

En el suelo del pasillo había un caminito de flechas que apuntaban hacia la ventana que tenía las mejores vistas. Allí, en el cristal, había otra nota pegada. La cogió y comenzó a leerla:

PISTA 1

TIENES UN BOLI Y UN PAPEL EN EL SUELO.

CÓGELO Y APUNTA TRES COSAS QUE TE GUSTABA MUCHO HACER CUANDO ERAS PEQUEÑO.

DESPUÉS SIGUE LA FLECHA.

El padre obedeció y, con el boli en la mano, intentó recordar. Uf…, ¡cómo le costaba hacer memoria!

Pero entonces, poco a poco, fue viendo imágenes de las cosas que más le gustaba hacer cuando tenía la edad de Pol.

Una era ayudar a la abuela en la cocina. Era tan feliz cuando hacían juntos los platos que más le gustaban…

Pero también le encantaba dibujar y escribir cuentos. "¿Por qué dejé de hacerlo?", pensó… y se acordó de que paró el día que creyó que ni dibujar ni escribir cuentos se le daba del todo bien.

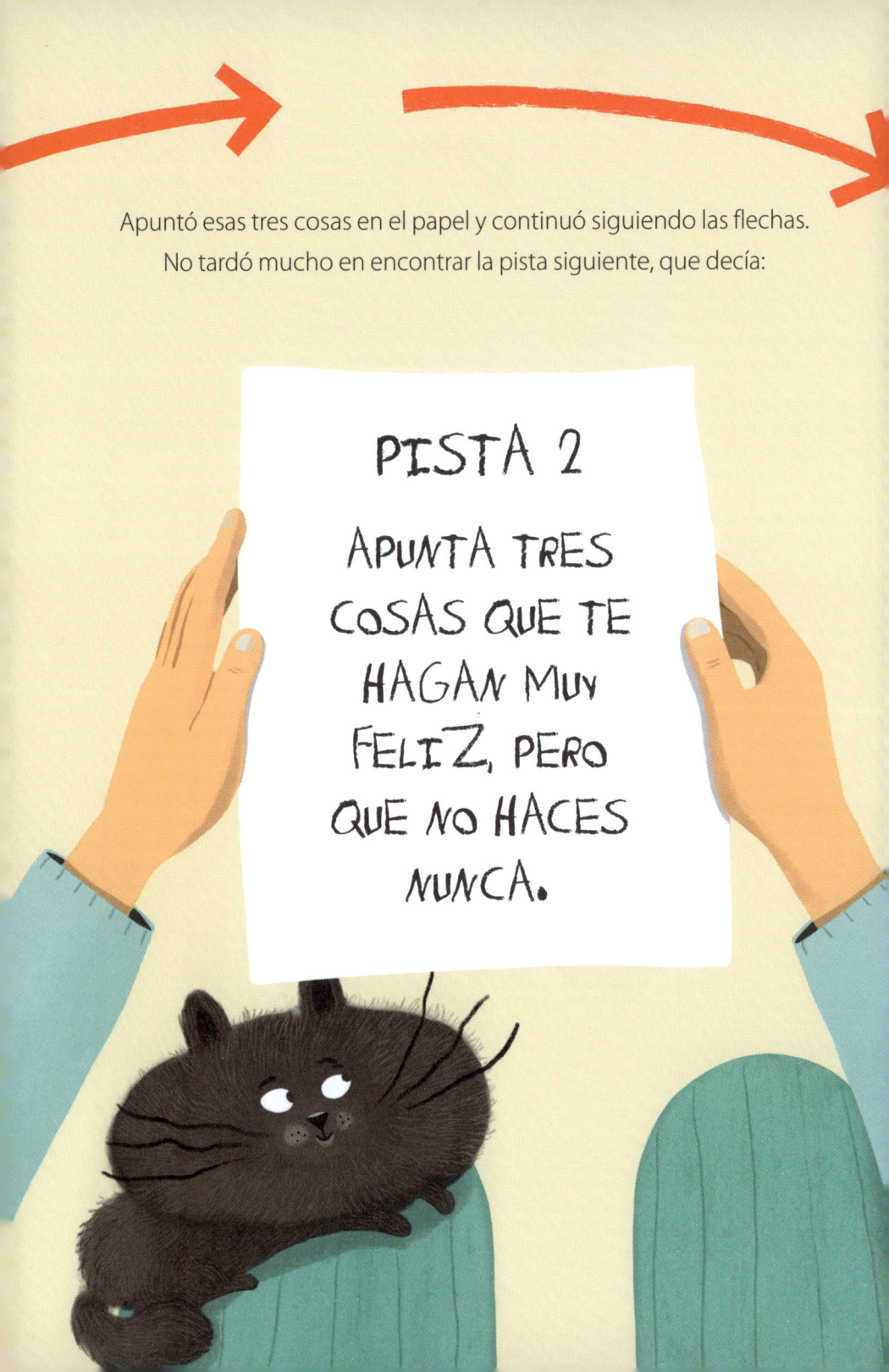

Apuntó esas tres cosas en el papel y continuó siguiendo las flechas. No tardó mucho en encontrar la pista siguiente, que decía:

PISTA 2

APUNTA TRES COSAS QUE TE HAGAN MUY FELIZ, PERO QUE NO HACES NUNCA.

Esta vez al padre no le costó tanto encontrar tres cosas. Una era hacer deporte. Lo había dejado cuando había nacido Pol o cuando aceptó aquel trabajo que le ocupaba tanto tiempo, ya no se acordaba… Antes jugaba al básquet, y se lo pasaba bomba riendo y jugando con sus amigos. La segunda, leer. ¿Cuánto hacía que no leía un libro? Siglos. ¡Y qué bien se lo pasaba cuando una buena historia lo atrapaba y no podía dejarla…! Y, finalmente, la tercera: caminar por la montaña. ¡Allí sí que era muy feliz!

Lo apuntó todo y continuó con el juego de pistas, que lo llevó hasta la cocina:

PISTA 3

COGE UNA MANZANA Y MUÉRDELA.

CON LOS COLORES DE ENCIMA DE LA MESA, DIBUJA LO QUE SIENTAS AL MORDERLA.

El padre nunca se había parado a experimentar las sensaciones de comer una manzana. Ni una manzana ni nada, de hecho. Pero notó un frescor en la garganta, una dulzura en la boca y que salivaba más. Con el color amarillo comenzó a trazar circunferencias sobre el papel. Y repitió lo mismo con el azul, el negro, el verde, el rojo... Finalmente había hecho un dibujo que nadie entendería. Nadie excepto él.

Aquel día aprendió que dibujar las sensaciones del cuerpo también era posible.

Todavía con la manzana en la mano, siguió las flechas, que lo condujeron hasta el balcón. "Sal", decía el papelito del cristal, y así lo hizo. Una vez fuera, encontró, en la baranda, otro papel pegado con muuucha cinta adhesiva para que no se lo llevara el viento. Decía:

PISTA 4

MIRA A LO LEJOS, CÓMO DESPUNTA EL DÍA.

¿QUÉ HARÁS HOY PARA SENTIRTE FELIZ?

Y el padre se dio cuenta de que lo primero que quería sentir era el abrazo de Pol, aquella personita maravillosa que tenía como hijo. Después, quería ir a comprar una libreta grande y muchos lápices de colores, y volverse a sentir vivo dibujando, como cuando era pequeño. Y también quería sentirse contento y libre, por lo que decidió que de todas todas saldría a caminar un rato por algún lugar rodeado de árboles.

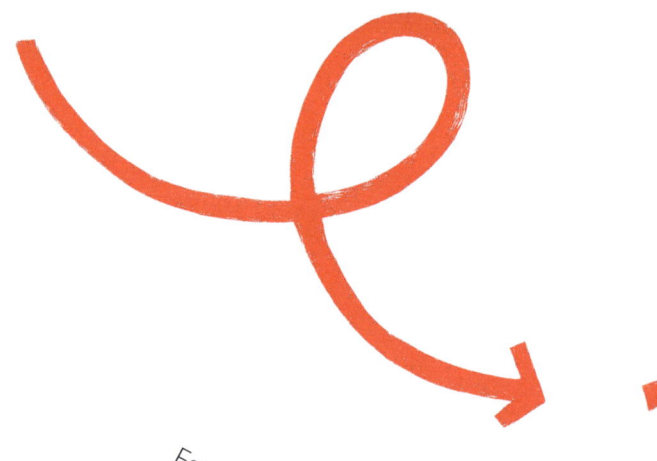

Estuvo afuera, en el balcón, hasta que cogió frío y volvió a entrar para seguir las flechas finales. Solo quedaban tres, que conducían hasta el cojín de encima de la alfombra de la sala. Tomó la nota que había pegada en él y leyó:

PISTA 5

SIÉNTATE
Y ESPERA TRES MINUTOS ANTES
DE CONTINUAR LEYENDO.

El padre esperó quieto sentado encima del cojín, en silencio, sintiendo muchas cosas a las que no sabría ponerles nombre. Cerró los ojos y se llenó de ese momento. Después continuó leyendo:

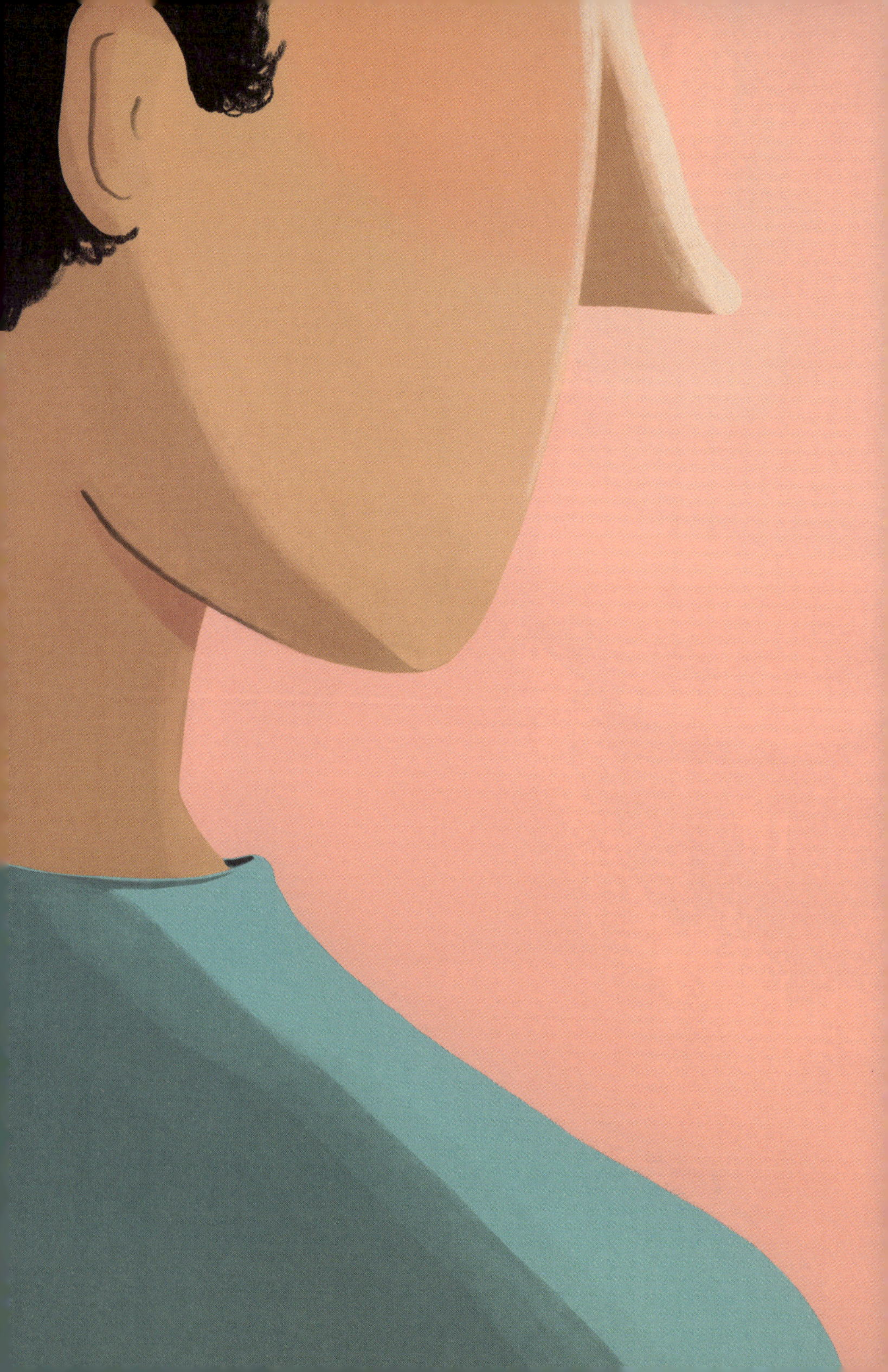

AHORA TE TENGO QUE DECIR UNA COSA, PAPÁ: YO NO QUIERO HACERTE FELIZ, QUIERO QUE LO HAGAS TÚ, Y QUE, JUNTOS, COMPARTAMOS NUESTRA FELICIDAD. YO TENGO MI FUENTE Y MANA MUCHÍSIMO. TÚ TAMBIÉN TIENES UNA. ENCUÉNTRALA.

FIN DEL PRIMER JUEGO DE PISTAS DE TU HIJO POL.

Cuando acabó de leer la nota, Pol, que lo espiaba desde la puerta del pasillo, salió corriendo y se le echó encima.

—¡¡¡Papá!!! ¿La has encontrado? ¿Has encontrado tu fuente?

El padre, emocionado, lo abrazó muy fuerte y le dijo:

—Todavía no, Pol, todavía no. Pero te prometo de corazón que haré todo lo posible por encontrarla. Te quiero, hijo.

—¡Y yo, papá! ¿Sabes qué? ¡Esto es lo que hacía ayer por la tarde cuando no os dejé entrar! ¡Fue tan emocionante prepararlo...! ¿Me oíste ayer por la noche? ¡Estuve muy atareado! Y he hecho más papelitos. Me duelen los dedos de tanto escribir, pero tengo más, porque un día quiero hacerle el juego de pistas a la yaya Lola, que tampoco encuentra la fuente. Haré que jueguen a este juego todos aquellos a los que ya no les brilla el pecho. A mí me brilla, ¿lo sabías, papá? Lo veo, ¡veo cómo me brilla! Sobre todo cuando canto y cuando pinto y cuando juego... ¿Tú lo has visto?

—Sí que lo he visto, Pol, pero a veces me olvido.
¡Suerte que tú me lo recuerdas!

Pasaron los meses de verano y Pol tuvo que volver al cole. Se llevó una buena sorpresa cuando llegó y se encontró con que habían cambiado todos los grupos y que sus mejores amigos ya no iban con él a clase. "Al menos los veré a la hora del patio", pensó, pero en ese curso cada clase salía a una hora diferente y no coincidían.

Los primeros días lo llevó bastante bien. Intentaba hacer nuevos amigos en clase, pero nada era como a él le hubiera gustado, y a medida que pasaban las semanas, iba poniéndose cada vez más triste. Tenía pocas ganas de ir al cole y, cuando estaba allí, hablaba poco y solo pensaba en la hora de regresar a casa.

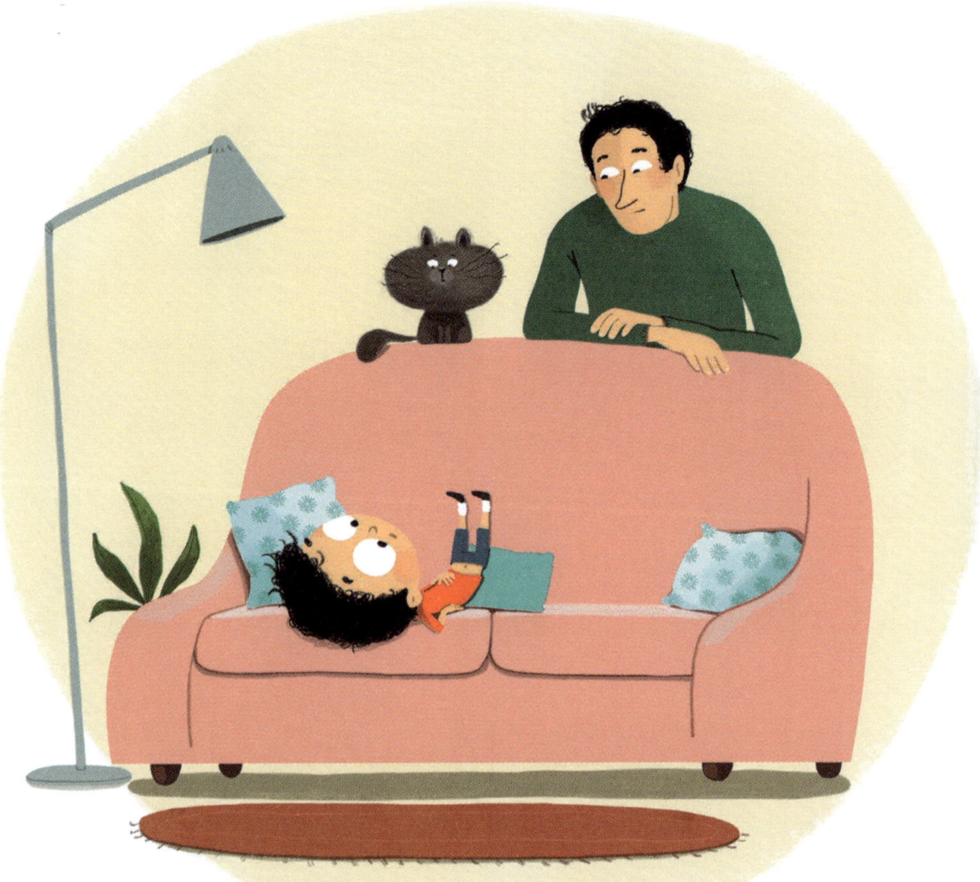

El padre notó que a Pol le pasaba algo: reía menos, estaba apagado y había dejado de cantar. "¿Por qué ya no cantas , Pol?", le había preguntado alguna vez, y Pol le contestaba: "No sé, no me apetece".

Un domingo por la mañana, cuando Pol se despertó y fue a hacer pipí, encontró pegado en el espejo un papel enorme que decía:

JUEGO DE PISTAS.
ENCUENTRA
TU FUENTE.
POL, SIGUE LAS FLECHAS.
→

A Pol le dio la sensación de que el corazón le daba un salto: ¡su juego de pistas! ¡Para hacerlo él!

Fue siguiendo las flechas, y las sensaciones que tenía mucho

la tristeza le embargase fueron aflorando.

Pol se había olvidado de ir a la fuente a cargarse de entusiasmo, a encontrar las herramientas y a conectar consigo mismo.

Cuando estaba sentado encima del cojín guardando los tres minutos de silencio que pedía la pista 5, el padre, aún medio dormido, se sentó a su lado. Cuando Pol abrió los ojos, le dijo:

—Pol, la fuente que tienes en tu interior es un tesoro y te has desconectado de ella estas últimas semanas.

—Es que, papá, no me gustan las cosas que pasan.

—Ya lo sé, y es normal, a mí también hay cosas que no me gustan. Pero la fuente es la misma y te ayudará a estar mejor, como antes. No te desconectes de ella. No hagas como yo, ¿de acuerdo?

Pol levantó el dedo meñique y le pidió:

—Dame el tuyo.

Los entrelazaron y el niño dijo:

—A partir de ahora no volveremos a perder la fuente, y si un día la perdemos, nos ayudaremos el uno al otro a encontrarla de nuevo.

El padre, sintiendo una felicidad indescriptible, contestó:

—¡Hecho!

Encuentra tu fuente. ¡Juguemos juntos!

A los niños y niñas les encantan los juegos de pistas. ¡Seguir flechas y encontrar pistas escondidas es toda una aventura! Y qué bonito puede ser jugar para reencontrarnos a nosotros mismos, ¿verdad?

Así pues, si os apetece, os propongo que preparéis juntos este juego de pistas recortable y hagáis como Pol y su padre: ¡jugad hasta que conectéis con vuestra fuente! Es una buena actividad para compartir, ya que os puede ayudar a reflexionar y a tomar consciencia de cuáles son las cosas que os hacen sentir bien, las que no y las que fortalecerán, sin duda, el vínculo que os une.

El juego es una parte imprescindible de la vida de los niños y niñas. Lo necesitan, ya que es precisamente jugando como aprenden a entender el mundo que les rodea. Creo que es importante hablar con los más pequeños de la fuente que todos tenemos dentro, pero es verdad que puede ser un concepto un poco difícil de entender. Espero que tanto la historia de Pol y de su padre como este juego de pistas os ayuden a vivir esta conexión en primera persona.

¡Disfrutad del juego y encontrad vuestra fuente!

RECORTAD SUIGUIENDO LAS RAYAS Y JUGAD TANTAS VECES COMO QUERÁIS.

PISTA 1

TIENES UN BOLI Y UN PAPEL EN EL SUELO.

CÓGELO Y APUNTA TRES COSAS QUE TE GUSTABA **MUCHO** HACER CUANDO ERAS PEQUEÑO.
DESPUÉS SIGUE LA FLECHA.

PISTA 2

APUNTA TRES COSAS QUE TE HAGAN MUY FELIZ, PERO QUE NO HACES NUNCA.

PISTA 3

COGE UNA MANZANA Y MUÉRDELA.

CON LOS COLORES DE ENCIMA DE LA MESA, DIBUJA LO QUE SIENTAS AL MORDERLA.

PISTA 4

MIRA A LO LEJOS, CÓMO DESPUNTA EL DÍA.

¿QUÉ HARÁS HOY PARA SENTIRTE FELIZ?

PISTA 5

SIÉNTATE Y ESPERA TRES MINUTOS ANTES DE CONTINUAR LEYENDO.

La fuente escondida de Míriam Tirado
se terminó de imprimir en julio de 2022
en los talleres de
Litográfica Ingramex, S.A. de C.V.,
Centeno 162-1, Col. Granjas Esmeralda, C.P. 09810,
Ciudad de México.